U0119875

荀子卷第十一

登仕郎守大理評事楊倞注

彊國篇第十六

形范正金錫美工冶巧火齊得火齊得謂生孰齊和得宜考工記云金有六齊齊才細反剖刑而莫邪巳刑與形同范法也形范鑄劒規模之器也剖開也莫邪古之良劒然而不剥脱不砥厲則不可以斷繩剥脱謂刮去其生澀砥厲謂磨淬也剥脱之砥厲之則劙盤盂刎牛馬忽然耳劙割也音戾劙盤盂刎牛馬蓋古用試劒者也戰國策趙奢謂田單曰吴干將之劒肉試則斷牛馬金試則截盤盂皆銅器猶剸鍾無聲及斬牛馬者也忽然言易也彼國者亦彊國之剖刑巳如彊國之初開刑也然而不教不誨不調不一則入不可以守出不可以戰教誨之調一之則兵勁城固敵國不敢嬰也彼國者亦有砥厲禮義節奏是也節奏有法度也故人之命在天國之命在禮人君者隆禮尊賢而王重法愛民而霸好利多詐而危權謀傾覆幽險而亡幽深傾險使下難知則亡也威有三有道

德之威者有暴察之威者有狂妄之威者
暴察謂暴急嚴察也此三威者不可不孰察也禮樂則
脩分義則明分謂上下有分義謂各得其宜舉錯則時愛利
則形形見也愛利人之心見於外也如是百姓貴之如帝高之
如天帝天神也親之如父母畏之如神明故賞
不用而民勸罰不用而威行夫是之謂道
德之威禮樂則不脩分義則不明舉錯則
不時愛利則不形然而禁暴也察其誅不
服也審其刑罰重而信其誅殺猛而必申商

之比黭然而雷擊之如牆厭之黭然卒至之貌說文云黭黑色猶闇
然黭烏感反厭讀爲壓如是百姓劫則致畏見劫脅之時則畏也嬴
則敖上稍嬴緩之則傲慢嬴音盈執拘則最得閒則散最聚
也閒隙也公羊傳曰會猶最也何休曰最聚也敵中則奪敵人得中道則奪其國一曰中擊也丁仲
反非劫之以形埶非振之以誅殺則無以
有其下振動夫是之謂暴察之威無愛人之
心無利人之事而日爲亂人之道百姓讙

敖則從而執縛之刑灼之不和人之心〔讙喧譁也〕〔敖喧噪也亦讀爲嗷謂叫呼之聲嗷嗷然也五刀反〕如是下比周賁潰以離上矣〔賁讀爲憤憤然也民逃其上曰潰〕傾覆滅亡可立而待也夫是之謂狂妄之威此三威者不可不孰察也道德之威成乎安彊暴察之威成乎危弱狂妄之威成乎滅亡也公孫子曰子發將西伐蔡克蔡獲蔡侯〔公孫子齊相也未知其名後語孟嘗君客有公孫戌豈後爲齊相乎或曰公孫名忌子發楚令尹未知其姓戰國策莊辛諫楚襄王曰蔡聖侯南遊乎高陂北

陵乎巫山左枕幼妾右擁嬖女與之馳騁乎高蔡之閒而不以國家爲事不知夫子發方受命于宣王繫以朱絲而見之史記蔡侯齊爲楚惠王所滅莊辛云宣王與史記不同〕歸致命曰蔡侯奉其社稷而歸之楚〔歸致命於君言蔡侯自奉其社稷歸楚非己之功也〕舍屬二三子而治其地〔舍子發名屬請也之欲反二三子楚之諸臣也治其地謂安輯其民也子發不欲獨擅其功故請諸臣理其地也〕既楚發其賞〔既謂論功之後發行也〕子發辭曰發誡布令而敵退是主威也徙舉相攻而敵退是將威也合戰用力而敵退是衆威也〔誡敎也凡發誡布令而敵退則是畏其主徙舉相攻而敵退則是畏其將合戰用力而敵退則

畏其衆也臣舍不宜以衆威受賞是時合戰用力而滅蔡故曰衆威此以上公孫子美子發之辭也以下荀卿之辭也譏之曰子發之致命也恭其辭賞也固固陋也其致命難其辭賞則固陋非坦明之道也夫尚賢使能賞有功罰有罪非獨一人爲之也自古皆然彼先王之道也一人之本也善善惡惡之應也彼彼賞罰也言彼賞罰者乃先王之道齊一人之本善善惡惡之報應也治必由之古今一也爲治必用賞罰古者明王之舉大事立大功也大事已博大功已立則君享其成羣臣享其功享獻也謂受其獻也士大夫益爵官人益秩庶人益禄爵謂若秦庶長不更之屬官人羣吏也庶人士卒也秩禄皆謂廩食也是以爲善者勸爲不善者沮上下一心三軍同力是以百事成而功名大也今子發獨不然反先王之道亂楚國之法墮興功之臣恥受賞之屬人皆受賞子發獨辭是使興功之臣墮廢其志受賞之屬慙恥於心無僇乎族黨而抑卑乎後世夫先祖有寵錫則子孫揚其功族黨遭刑戮則後世蒙其恥今子發自謂無功則子孫無以稱揚雖無刑戮之恥而後世亦抑損卑下無以光榮也案

獨以爲私廉豈不過甚矣哉故曰子發之致命也恭其辭賞也固

荀卿子說齊相曰處勝人之埶行勝人之道天下莫忿湯武是也處勝人之埶不以行勝人之道（以用）厚於有天下之埶索爲匹夫不可得也桀紂是也然則得勝人之埶者其不如勝人之道遠矣夫主相者勝人以埶也是爲是非爲非能爲能不能爲不能併己之私欲必以道夫公道通義之可以相兼容者是勝人之道也（併讀曰屛棄也屛棄私欲遵達公義也）今相國上則得專主下則得專國相國之於勝人之埶亶有之矣（亶讀爲擅擅本亦或作擅或曰亶誠也）然則胡不敺此勝人之埶赴勝人之道（敺謂駕馭之也或作謳歌此勝人之埶誤也）求仁厚明通之君子而託王焉（求賢而託之以王使輔佐也）與之參國政正是非如是則國孰敢不爲義矣（國內皆化之也）君臣上下貴賤長少

至于庶人莫不為義則天下孰不欲合義矣（天下皆來歸義也）賢士願相國之朝能士願相國之官好利之民莫不願以齊為歸是一天下也相國舍是而不為案直為是世俗之所以為（不為勝人之道但為勝人之埶）則女主亂之宮詐臣亂之朝貪吏亂之官衆庶百姓皆以貪利爭奪為俗曷若是而可以持國乎今巨楚縣吾前（楚在齊南故曰前縣聯繫之也）大燕鰌吾後（燕在齊北故曰後鰌蹴也藉也如蹴踏於後莊子風謂蛇曰鰌我必勝我本亦或作蹲吾後也）勁魏鉤吾右西壤之不絶若繩（魏在齊西故曰右鉤謂如鉤取物也西壤齊西界之地若繩言細也）楚人則乃有襄賁開陽以臨吾左（襄賁開陽楚二邑在齊之東者也漢書地理志二縣皆屬東海郡賁音肥）是一國作謀則三國必起而乘我（一國謀齊則三國乘其敝）如是則齊必斷而為四（三國分齊則斷為四謂楚取其二魏燕各取其一也）三國若假城然耳（言齊如三國之寄城耳不久當歸之也）必為天下大笑曷若（天下必笑其無謀滅亡問以為何如也）兩者孰足為也（兩者勝人之道與勝人之埶一則天下歸

一則天下笑問何者可爲也夫桀紂聖王之後子孫也有天下者之世也世謂繼也執籍之所存天下之宗室也執謂國籍之所在也土地之大封内千里人之衆數以億萬其數億萬俄而天下倜然舉去桀紂而犇湯武倜然高舉之貌舉皆也犇與奔同反然舉惡桀紂而貴湯武反音翻翻然改變貌惡烏路反是何也夫桀紂何失而湯武何得也假設問荅曰是無他故焉桀紂者善爲人所惡也而湯武者善爲

人所好也人之所惡何也曰汙漫爭奪貪利是也汙漫謂穢汙不脩潔也或曰漫謂欺誑也汙烏路反漫莫但反人之所好者何也曰禮義辭讓忠信是也今君人者辟稱比方則欲自並乎湯武辟讀爲譬稱尺證反若其所以統之則無以異於桀紂而求有湯武之功名可乎統制治也故凡得勝者必與人也凡得人者必與道也道也者何也曰禮讓忠信是也故自四五萬而往者彊勝非

衆之力也隆在信矣而往猶已上也言有兵四五萬已上者若能崇信則足以自致彊勝不必更待與國之衆也若不崇信雖有與國之衆猶無益故曰非衆之力也自數百里而往者安固非大之力也隆在脩政矣有數百里之地脩政則安固不必更在廣也荀卿常言湯武以百里之地王天下今言此者若言常人之理非論聖人也今已有數萬之衆者也陶誕比周以相與陶當爲檮杌之檮或曰當爲逃謂逃匿其情與謂黨與之國也已有數百里之國者也汙漫突盜以爭地突謂相凌犯也然則是弃已之所安彊而爭已之所

以危弱也損已之所不足以重已之所有餘損減也重多也不足謂信與政有餘謂衆與地也若是其悖繆也而求有湯武之功名可乎辟之是猶伏而咶天救經而引其足也咶與舐同經縊也救縊而引其足縊愈急也說必不行矣愈務而愈遠爲人臣者不恤已行之不行上行下孟反下行如字苟得利而已矣是渠衝入穴而求利也渠大也渠衝攻城之大車也詩曰臨衝閑閑韓子曰奏百貍首射侯不當彊弩趨發平城距衝不若堙內伏櫜或作距衝蓋言可以距石矣是仁

人之所羞而不爲也屈大就小務於苟得故羞而不爲也故人莫貴乎生莫樂乎安所以養生安樂者莫大乎禮義人知貴生樂安而棄禮義辟之是猶欲壽而歾頸也
歾當爲刎
愚莫大焉故君人者愛民而安好士而榮兩者無一焉而亡詩曰价人維藩大師維垣此之謂也
大雅板之篇義已解上
力術止義術行曷謂也曰秦之謂也
力術彊兵之術義術仁義之術止謂不能進取霸王也言用力術則止用義術則行發此論以謂秦也新序李斯問孫卿曰當今之時爲

秦奈何孫卿曰力術止義術行秦之謂也
威彊乎湯武廣大乎舜禹然而憂患不可勝校也
校計
諰諰常恐天下之一合而軋己也此所謂力術止也曷謂乎威彊乎湯武湯武也者乃能使說己者使耳
說音悅
今楚父死焉國舉焉負三王之廟而辟於陳蔡之閒
此楚頃襄王之時也父謂懷王爲秦所虜而死也至二十一年秦將白起遂拔我鄢郢燒先王墓於夷陵襄王兵散遂不復戰東北保陳城廟主也辟如字謂自屏遠也或曰讀爲避
視可伺閒案欲剡其脛而以蹈秦之腹

視可謂觀其可伐也剡亦斬也然而秦使左案左使右案右是能使讎人役也秦能使讎人爲之徒役謂楚襄王七年迎婦於秦城十五年與秦伐燕二十七年復與秦平而入太子質之類也此所謂威彊乎湯武也曷謂廣大乎舜禹也曰古者百王之一天下臣諸侯也未有過封內千里者也封畿之內今秦南乃有沙羨與俱是乃江南也漢書地理志沙羨縣屬江夏郡此地俱屬秦是有江南也北與胡貉爲隣西有巴戎巴在西南戎在西皆隷屬秦東在楚者乃界於齊謂東侵楚地所得者乃與齊爲界也在

韓者踰常山乃有臨慮漢書地理志臨慮縣名屬河內今屬相州也在魏者乃據圍津即去大梁百有二十里耳圍當爲圉漢書曹參下脩武度圍津顏師古曰在東郡豈古名圉津轉寫爲圍或作韋津今有韋城豈是耶史記朱忌謂魏安釐王曰秦固有懷茅邢丘城垝津以臨河內河內共汲必危垝圍聲相近疑同垝居委反其在趙者剡然有苓而據松柏之塞剡然侵削之貌苓地名未詳所在或曰苓與靈同漢書地理志常山郡有靈壽縣今屬眞定或曰苓當爲卷按卷縣屬河南非趙地也松柏之塞蓋趙樹松柏與秦爲界今秦據有之負西海而固常山負背也常山本趙山秦今有之言秦背西海東向以常山爲固也是地徧天下也威動海內彊殆中

國秦之彊能危殆中國殆或爲治然而憂患不可勝校也諰諰常恐天下之一合而軋己也此所謂廣大乎舜禹也然則奈何曰節威反文節減威彊復用文理案用夫端誠信全之君子治天下焉全謂德全因與之參國政正是非治曲直而聽咸陽使聽咸陽之政順者錯之不順者而後誅之錯置也謂捨而不伐若是則兵不復出於塞外而令行於天下矣若是則雖爲之築明堂於塞外而朝諸侯

殆可矣明堂天子布政之宮於塞外三字衍也以前有兵不復出於塞外故誤重寫此三字耳殆庶幾也秦若使賢人爲政雖築明堂朝諸侯庶幾可矣或曰塞外境外也明堂壇也謂巡狩至方岳之下會諸侯爲宮方三百步四門壇十有二尋深四尺加方明于其上左氏傳爲王宮於踐土亦其類也或曰築明堂於塞外謂使他國爲秦築帝宮也戰國策韓王謂張儀曰請比秦郡縣築帝宮祠春秋稱東蕃是也假今之世益地不如益信之務也

應侯問孫卿子曰入秦何見應侯秦相范雎封於應也杜元凱云應國在襄陽父城縣西南也孫卿子曰其國塞險形埶便山林川谷美謂多良材及溉灌之利也天材之利多所出物產多也

是形勝也 形地形便而物產多所以爲勝故曰如高屋之上而建瓴水也 入境觀其風俗其百姓樸其聲樂不流汙 流邪淫也汙濁也不流汙言清雅也 其服不挑 挑偷也不爲奇異之服詩序曰長民者衣服不貳從容有常以齊其民則民德歸壹也 甚畏有司而順古之民也及都邑官府 及至也至縣邑之解署 其百吏肅然莫不恭儉敦敬忠信而不楛古之吏也 楛音苦濫惡也一曰讀爲王事靡盬之盬不堅固也 入其國觀其士大夫出於其門入於公門出於公門歸於其家無有私事也不比周不朋黨倜然莫不明通而公也古之士大夫也 倜然高遠貌 觀其朝廷其朝閒聽決百事不留恬然如無治者古之朝也 朝閒朝退音古莧反 恬然安閑貌如無治者如都無聽治處也 故四世有勝非幸也數也是所見也故曰佚而治約而詳不煩而功治之至也秦類之矣 雖佚而治雖約而詳雖不煩而有功古之至治有如此者今秦似之 雖然則有其諰矣 諰懼 兼是數具者而盡有之然而縣之以王者之功名則倜倜

然其不及遠矣（縣音懸謂遠繫）是何也則其殆無儒邪故曰粹而王（粹謂全用儒道）駁而霸無一焉而亡此亦秦之所短也

積微月不勝日時不勝月歲不勝時（積微細之事月不如日言常須日日留心於庶事不可怠忽也）凡人好敖慢小事大事至然後興之務之如是則常不勝夫敦比於小事者矣（敦比精審躬親之謂）是何也則小事之至也數其縣日也博其爲積也大（數音朔博謂所縣繫時日多也）

（大謂積小以成大若蟻垤然也）大事之至也希其縣日也淺其爲積也小（時日既淺則所積亦少也）故善日者王善時者霸補漏者危大荒者亡（善謂愛惜不怠棄也補漏謂不能積功累業至於敝漏然後補之太荒謂都荒廢不治也）故王者敬日（敬謂不敢慢也故曰吉人爲善唯日不足）霸者敬時（動作皆不失時或曰時變則懼治之不立也）僅存之國危而後戚之（戚憂）亡國至亡而後知亡至死而後知死亡國之禍敗不可勝悔也（所悔之事不可勝舉言多甚也）霸者之善箸焉可以時託也（霸者其善明箸以其

所託不失時也王者之功名不可勝日志也日記識其政事故能功名不可勝數財物貨寶以大爲重政教功名反是能積微者速成詩曰德輶如毛民鮮克舉之此之謂也詩大雅烝民之篇輶輕也引之以明積微至著之功凡姦人之所以起者以上之不貴義不敬義也上行下效夫義者所以限禁人之爲惡與姦者也今上不貴義不敬義如是則下之人百姓皆有棄義之志而有趨姦之心矣

此姦人之所以起也且上者下之師也夫下之和上辟之猶響之應聲影之像形也故爲人上者不可不順也不可不順義或曰當爲愼夫義者內節於人而外節於萬物者也節卽謂限禁也上安於主而下調於民者也得其節卽上安而下調也內外上下節者義之情也義之情皆在得其節然則凡爲天下之要義爲本而信次之古者禹湯本義務信而天下治桀紂棄義背信而天下亂

故爲人上者必將愼禮義務忠信然後可此君人者之大本也愼或爲順堂上不糞則郊草不瞻曠芸曠空也空謂無草也芸謂有草可芸鋤也堂上猶未糞除則不暇瞻視郊野之草有無也言近者未理不暇及遠魯連子謂田巴曰堂上不糞者郊草不芸也白刃扞乎胷則目不見流矢扞蔽也扞蔽於胷謂見斬刺也懼白刃之甚不暇憂流矢也拔戟加乎首則十指不辭斷言不惜十指而救首也拔或作校或作枝非不以此爲務也疾養緩急之有相先者也疾痛也養與癢同言非不以郊草流矢十指爲務痛癢緩急有所先救者也言此者明人君當先務禮義然後及他事也

天論篇第十七

天行有常天自有常行之道也不爲堯存不爲桀亡應之以理則吉應之以亂則凶吉凶由人天非愛堯而惡桀也彊本而節用則天不能貧本謂農桑養備而動時則天不能病養備謂使人衣食足動時謂勸人勤力不失時亦不使勞苦也養生既備動作以時則疾疹不作也脩道而不貳則天不能禍貳即倍也故水旱不能使之飢渴寒暑不能使之疾祅怪

不能使之凶畜積有素故水旱不能使之飢渴旣無飢寒之患則癘疫所不能加之也本荒而用侈則天不能使之富養略而動罕則天不能使之全略減少也罕希也養略謂使人衣食不足也動希言怠惰也衣食減少而又怠惰則天不能全也倍道而妄行則天不能使之吉故水旱未至而飢寒暑未薄而疾薄迫也音博祅怪未至而凶受時與治世同而殃禍與治世異不可以怨天其道然也非天降災人自使然故明於天人之分則可謂至人矣知在人不在天斯爲至人不爲而成

不求而得夫是之謂天職不爲而成不求而得四時行焉百物生焉天之職任如此豈愛憎於堯桀之閒乎如是者雖深其人不加慮焉雖大不加能焉雖精不加察焉夫是之謂不與天爭職其人至人也言天道雖深遠至人曾不措意測度焉以其無益於治若措其在人者慕其在天者是爭職也莊子曰六合之外聖人存而不論也天有其時地有其財人有其治夫是之謂能參人能治天時地財而用之則是參於天地舍其所以參而願其所參則惑矣舍人事而欲知天意斯惑矣列星隨旋日月遞炤四時代御

陰陽大化風雨博施列星有列位者二十八宿也隨旋相隨回旋也炤與照同陰陽
大化謂寒暑變化萬物也博施謂廣博施行無不被也萬物各得其和以生各
得其養以成不見其事而見其功夫是之
謂神和謂和氣養謂風雨不見和養之事但見成功斯所以爲神若有眞宰然也皆知
其所以成莫知其無形夫是之謂天言天道之難知
或曰當爲夫是之謂天功脱功字耳唯聖人爲不求知天既天道難測故聖人但脩
人事不務役慮於知天也天職既立天功既成形具而神
生好惡喜怒哀樂臧焉夫是之謂天情言人之身

亦天職天功所成立也形謂百骸九竅神精魂也天情所受於天之情也耳目鼻口形能
各有接而不相能也夫是之謂天官耳辨聲目辨色
鼻辨臭口辨味形辨寒熱疾養其所能皆可以接物而不能互相爲用官猶任也言天之所付任有如此也心
居中虛以治五官夫是之謂天君心居於中空虛之地
以制治耳目鼻口形之五官是天使爲形體之君也財非其類以養其類夫是
之謂天養財與裁同飲食衣服與人異類裁而用之可使養口腹形體故曰裁非其類以養其類是
天使奉養之道如此也順其類者謂之福逆其類者謂之
禍夫是之謂天政順其類謂能裁者也逆其類謂不能裁者也天政言如賞罰之

政令自天職既立以上並論天所置立之事以下論逆天順天之事在人所爲也闇其天君昏亂其心亂其天官聲色臭味過度棄其天養不能務本節用逆其天政不能養其類也背其天情好惡喜怒哀樂無節以喪天功喪其生成之大功使不蕃滋也夫是之謂大凶此皆言不脩故違天之禍聖人清其天君正其天官備其天養順其天政養其天情以全其天功如是則知其所爲知其所不爲矣知務導達不攻異端則天地官而萬物役矣言聖人自脩政則可以任天地役萬物也其行曲治其養曲適其生不傷夫是之謂知天其所自脩行之政曲盡其治其所養人之術曲盡其適其生長萬物無所傷害是謂知天也言明於人事則知天物其要則曲盡也故大巧在所不爲大知在所不慮此明不務知天是乃知天也亦猶大巧在所不爲知天地之成萬物也若偏有所爲則其巧小矣大智在所不慮知聖人無爲而治也若偏有所慮則其知窄矣所志於天者已其見象之可以期者矣志記識也聖人雖不務知天猶有記識以助治道所記識於天者其見垂象之文可以知其節候者是也謂若堯命羲和欽若昊天日月星辰敬授人時者也所志於地者已其見宜之可以息者矣所以記識於地其見土宜可以蕃息嘉穀者是也所志於四時

者已其見數之可以事者矣數謂春作夏長秋斂冬臧必然之數事謂順時理其事也所記識於四時者取順時之數而令生長收臧者也所志於陰陽者已其見知之可以治者矣知謂知其生殺也所以記識陰陽者爲知其生殺效之爲賞罰以治之也知或爲和官人守天而自爲守道也官人任人欲任人守天在於自守道也皆明不務知天之義也治亂天邪曰日月星辰瑞歷是禹桀之所同也或曰當時星辰書之名也禹以治桀以亂治亂非天也時邪曰繁啓蕃長於春夏繁多也蕃茂也畜積

收臧於秋冬是又禹桀之所同也禹以治桀以亂治亂非時也地邪曰得地則生失地則死是又禹桀之所同也禹以治桀以亂治亂非地也言皆在人不在天地與時也詩曰天作高山大王荒之彼作矣文王康之此之謂也詩周頌天作之篇引之以明吉凶由人如大王之能尊大岐山也天不爲人之惡寒也輟冬地不爲人之惡遼遠也輟廣君子不爲小人之匈匈也輟

行〔匈匈喧譁之聲與訩同音凶又許用反行下孟反〕天有常道矣地有常數矣君子有常體矣君子道其常而小人計其功〔道言也君子常造次必守其道小人則計一時之功利因物而遷之也〕詩曰何恤人之言兮此之謂也〔逸詩也以言苟守道不違何畏人之言也〕楚王後車千乘非知也君子啜菽飲水非愚也是節然也〔節謂所遇之時命也〕若夫心意脩德行厚知慮明生於今而志乎古則是其在我者也故君子慕其在己者而不慕其在天者〔在天謂富貴也〕小人錯其在己者而慕其在天者〔錯置〕君子敬其在己者而不慕其在天者是以日進也〔求己而不苟故曰進〕小人錯其在己者而慕其在天者是以日退也〔望徼幸而不求己故曰退也〕故君子之所以日進與小人之所以日退一也〔皆有慕有不慕〕君子小人之所以相縣者在此耳星隊木鳴國人皆恐曰是何也曰無何也〔假設問荅無何也言不足憂也〕是天地之變陰陽之化物之罕至者也〔星隊天地之變〕

不鳴陰陽之化罕希也怪之可也而畏之非也以其罕至謂之怪異則可因遂畏懼則非夫日月之有食風雨之不時怪星之黨見黨見頻見也言如朋黨之多見賢遍反是無世而不常有之上明而政平則是雖並世起無傷也並世起謂一世之中並起也上闇而政險則是雖無一至者無益也夫星之隊木之鳴是天地之變陰陽之化物之罕至者也怪之可也而畏之非也物之已至者人祅則可畏也物之既至可畏者在人之祅也楛耕傷稼耘耨失薉政險失民楛耕謂麤惡不精也失薉謂耘耨失時使穢也政險威虐也薉與穢同田薉稼惡糴貴民飢道路有死人夫是之謂人祅政令不明舉錯不時本事不理夫是之謂人祅舉謂起兵動衆錯謂懷安失於事機也本事農桑之事也勉力不時則牛馬相生六畜作祅此三句宜承其菑甚慘之下勉力力役也不時則人多怨曠其氣所感故生非其類也禮義不脩內外無別男女淫亂則父子相疑上下乖離寇難並至夫是之謂人祅祅是生於

亂三者錯無安國三者三人祅也錯置也置此三祅於國中則無有安也其說甚爾其菑甚慘爾近也三人祅之說比星隊木鳴爲淺近然其災害人則甚慘毒可怪也而不可畏也此二句承六畜作祅之下蓋錄之時錯亂迷誤失其次也傳曰萬物之怪書不說書謂六經也可爲勸戒則明之不務廣說萬物之怪也無用之辯不急之察棄而不治若夫君臣之義父子之親夫婦之別則日切瑳而不舍也

雩而雨何也曰無佗也猶不雩而雨也雩求雨之禱也或者問歲旱雩則得雨此何祥也對以與不雩而雨同明非求而得也周禮司巫國大旱則率巫而舞雩也

日月食而救之天旱而雩卜筮然後決大事非以爲得求也以文之也得求得所求也言爲此以示急於災害順人之意以文飾政事而已故君子以爲文而百姓以爲神以爲文則吉以爲神則凶也順人之情以爲文飾則無害淫祀求福則凶也

在天者莫明於日月在地者莫明於水火在物者莫明於珠玉在人者莫明於禮義

故日月不高則光暉不赫水火不積則暉潤不博珠玉不睹乎外則王公不以爲寶禮義不加於國家則功名不白故人之命在天國之命在禮君人者隆禮尊賢而王重法愛民而霸好利多詐而危權謀傾覆幽險盡而亡矣幽險謂隱慝其情而凶虐難測也權謀多詐幽險三者盡亡之道也大天而思之孰與物畜而制之尊大天而思慕之欲其豐富孰與使物畜積而我裁制之也從天而頌之孰與制天命而用

之頌者美盛德也從天而美其盛德豈如制裁天之所命而我用之謂若曲者爲輪直者爲桷任材而用也望時而待之孰與應時而使之望時而待謂若農夫之望歲也孰與應春生夏長之候使不失時也因物而多之孰與騁能而化之因物之自多不如騁其智能而化之使多也若后稷之播種然也思物而物之孰與理物而勿失之也思得萬物以爲己物孰與理物皆得其宜不使有所失喪願於物之所以生孰與有物之所以成故錯人而思天則失萬物之情物之生雖在天成之則在人也此皆言理平豐富在人所爲不在天也若廢人而妄思天雖勞心苦思猶無益也百王之無

變足以爲道貫無變不易也百王不易者謂禮也言禮可以爲道之條貫也一廢一起應之以貫雖質文廢起時有不同然其要歸以禮爲條貫論語孔子曰殷因於夏禮所損益可知也周因於殷禮所損益可知也其或繼周者雖百代可知也理貫不亂知理則其條貫不亂也不知貫不知應變不知以禮爲條貫則不能應變言必差錯而亂也貫之大體未嘗亡也亂生其差治盡其詳差謬也所以亂者生於條貫差謬所以治者在於精詳也故道之所善中則可從畸則不可爲匿則大惑畸者不偶之名謂偏也道之所善得中則從偏側則不可爲匿謂隱匿其情禮者明示人者也若隱匿則大惑畸音羈水行者

表深表不明則陷表標準也陷溺也治民者表道表不明則亂禮者表也非禮昏世也昏世大亂也昏世謂使世昏闇也故道無不明外內異表隱顯有常民陷乃去道禮也外謂朝聘內謂冠昏所表識章示各異也隱顯即內外也有常言有常法也如此民陷溺之患乃去也萬物爲道一偏一物爲萬物一偏愚者爲一物一偏如有不能盡一物也而自以爲知道無知也以偏爲知道豈有知哉愼子有見於後無見於先愼到本黃老之術明不尚賢不使能之道故莊子論愼到曰塊不失道以其無

爭先之意故曰見後而不見先也漢書藝文志愼子著書四十二篇班固曰先申韓申韓稱之也老子有

見於詘無見於信老子周之守藏史姓李字伯陽號稱老聃孔子之師也著五千

言其意多以屈爲伸以柔勝剛故曰見詘而不見信也信讀爲伸墨子有見於齊無

見於畸畸謂不齊也墨子著書有上同兼愛是見齊而不見畸也宋子有見

於少無見於多宋子名鈃宋人也與孟子同時下篇云宋子以人之情爲欲寡而皆以已

之情爲欲多爲過也據此說則是少而不見多也鈃音形又胡泠反漢書藝文志有宋子十八篇班固云荀卿道宋子其

言黃老意有後而無先則羣衆無門夫衆羣在上之開導皆處後而

不處先羣衆無門戶也有詘而無信則貴賤不分貴者伸而賤者

詘則分別矣若皆貴柔弱卑下則無貴賤之別也有齊而無畸則政令

不施夫施政令所以治不齊者若上同則政令何施也有少而無多則

羣衆不化夫欲多則可以勸誘爲善若皆欲少則何能化之書曰無有

作好遵王之道無有作惡遵王之路此之

謂也書洪範以喻偏好則非遵王道也

荀子卷第十一

荀子卷第十二

登仕郎守大理評事楊　倞　注

正論篇第十八

世俗之爲說者曰主道利周是不然（此一篇皆論世俗之乖謬荀卿以正論辨之周密也謂隱匿其情不使下知也世俗以爲主道利在如此也）主者民之唱也上者下之儀也（謂下法上之表儀也）彼將聽唱而應視儀而動唱默則民無應也儀隱則下無動也不應不動則上下無以相有也（上不導其下則下無以效上是不相須也）若是則與無上同也不祥莫大焉故上者下之本也上宣明則下治辨矣（宣露辨別也下知所從則明別於事也）上端誠則下愿愨矣上公正則下易直矣（上公正則下不敢險曲也）治辨則易一愿愨則易使易直則易知易一則彊易使則功易知則明明是治之所由生也上周密則下疑玄矣（玄謂幽深難知或讀爲眩惑也下同）上幽險則下漸詐矣（幽隱也險難測也漸進也如字又曰漸浸也謂浸成其詐也漸子廉反）上

偏曲則下比周矣疑玄則難一疑惑不知所從故難一也漸詐則難使比周則難知人人懷和親比則上不可知其情禮記曰下難知則君長勞也難一則不彊難使則不功難知則不明是亂之所由作也故主道利明不利幽利宣不利周故主道明則下安主道幽則下危下知所從則安不知所從則自危也故下安則貴上下危則賤上貴猶愛也賤猶惡也故上易知則下親上矣上難知則下畏上矣下親上則上安下畏上則上危畏則謀上故主道莫惡乎難知莫危乎使下畏己傳曰惡之者衆則危書曰克明明德書多方曰成湯至于帝乙罔不明德慎罰詩曰明明在下詩大雅大明之篇言文王之德明明在下故赫赫然著見於天也故先王明之豈特玄之耳哉特猶直也

世俗之為說者曰桀紂有天下湯武簒而奪之是不然以桀紂為常有天下之籍則然以常主天下之圖籍則然親有天下之籍則不然躬親能有天下

則不然以其不能治之也天下謂在桀紂則不然古者天子千官諸侯百官以是千官也令行於諸夏之國謂之王夏大也中原之大國以是百官也令行於境內國雖不安不至於廢易遂亡謂之君僅存之君聖王之子也子子孫也有天下之後也埶籍之所在也天下之宗室也然而不材不中不中謂處事不當也中丁仲反內則百姓疾之外則諸侯叛之近者境內不一遙者諸侯不聽令不行

於境內甚者諸侯侵削之攻伐之若是則雖未亡吾謂之無天下矣聖王沒有埶籍者罷不足以縣天下聖王禹湯也有埶籍者謂其子孫也罷謂弱不任事也縣繫也音懸天下無君桀紂不能治天下是無君諸侯有能德明威積海內之民莫不願得以爲君師師長然而暴國獨侈安能誅之暴國即桀紂也侈謂奢汰放縱必傷害無罪之民誅暴國之君若誅獨夫天下皆去無助之者若一夫然也若是則可謂能用天下矣能用天下之

謂王湯武非取天下也（非奪桀紂之天下也）脩其道行其義興天下之同利除天下之同害而天下歸之也桀紂非去天下也（非天下自去也）反禹湯之德亂禮義之分禽獸之行積其凶全其惡而天下去之也天下歸之之謂王天下去之之謂亡故桀紂無天下而湯武不弒君由此效之也（天下皆去桀紂是無天下也湯武誅獨夫耳豈爲弒君乎由用也效明也）

（用此論明之）湯武者民之父母也桀紂者民之怨賊也今世俗之爲說者以桀紂爲君而以湯武爲弒然則是誅民之父母而師民之怨賊也（師長）不祥莫大焉以天下之合爲君則天下未嘗合於桀紂也然則以湯武爲弒則天下未嘗有說也直墮之耳（自古論說未嘗有此世俗之墮損湯武耳）故天子唯其人天下者至重也非至彊莫之能任（物之至彊者乃能勝重任）至大也非至辨莫之能分（至大則難詳故非小智所能分別也）至衆也非至明莫

之能和天下之人至衆非極知其情僞不能和輯也此三至者非聖人
莫之能盡故非聖人莫之能王重大如此此三者非聖人安能王
乎王于況反聖人備道全美者也是縣天下之權
稱也縣天下如權稱之縣揔知輕重也稱尺證反桀紂者其知慮至
險也其至意至闇也至意當爲志意其行之爲至
亂也親者疏之賢者賤之生民怨之禹湯
之後也而不得一人之與刳比干囚箕子
身死國亡爲天下之大僇後世之言惡者

必稽焉言惡者必稽考桀紂以爲龜鏡也是不容妻子之數
也不能容有其妻子是如此之人數也猶言不能保妻子之徒也列子梁王謂楊朱曰先生有一妻一妾不能治
也故至賢疇四海湯武是也至罷不容妻
子桀紂者也疇四海謂以四海爲疇域或曰疇與籌同謂計度也今世俗之
爲說者以桀紂爲有天下而臣湯武豈不
過甚矣哉以桀紂爲君以湯武爲臣而殺之是過甚也譬之是猶傴
巫跛匡大自以爲有知也匡讀爲尪廢疾之人王霸篇曰賤之
如尪與此匡同禮記曰吾欲暴尪而奚若言世俗此說猶巫尪大自以爲神異也故可以有

奪人國不可以有奪人天下可以有竊國不可以有竊天下也一國之人易服故可以有竊者天下之心難歸故不可也竊國田常六卿之屬是也可以奪之者可以有國不可以有天下竊可以得國而不可以得天下是何也曰國小具也可以小人有也可以小道得也可以小力持也天下者大具也不可以小人有也不可以小道得也不可以小力持也國者小人可以有之然而未必不亡也小人既可以有之則易滅亡明取國與取天下殊也天下者至大也

非聖人莫之能有也

世俗之爲說者曰治古無肉刑而有象刑治古古之治世也肉刑墨劓剕宮也象刑異章服恥辱其形象故謂之象形也書曰皋陶方施象刑惟明孔安國云象法也案書之象刑亦非謂刑象也墨黥世俗以爲古之重罪以墨涅其面而已更無劓刵之刑也或曰墨黥當爲墨幪但以黑巾幪其頭而已慅嬰當爲澡嬰謂澡濯其布爲纓鄭云凶冠之飾令罪人服之禮記曰緦冠澡纓鄭云有事其布以爲纓也澡或讀爲草愼子作草纓也共艾畢共未詳或衍字耳艾蒼白色畢與韠同紱也所以蔽前君以朱大夫素士爵韋令罪人服之故以蒼白色

爲韠也菲對屨菲草屨也對當爲紂傳寫誤耳紂枲也愼子作紂言罪人或菲或枲爲屨

故曰菲紂屨紂方孔反對或爲蒯禮有䟽屨傳曰藨蒯之菲也殺赭衣而不純以赤土染衣故曰赭衣純緣也殺之所以異於常人之服也純音準殺所介反愼子曰有虞氏之誅以畫跪當黥以草纓當劓以復紂當刖以艾韠當宮此有虞之誅也又尚書大傳曰唐虞之象刑上刑赭衣不純中刑雜屨下刑墨幪幪巾也

治古如是世俗說以治古如是是不然以爲治邪則人固莫觸罪非獨不用肉刑亦不用象刑矣以爲人或觸罪矣而直輕其刑然則是殺人者不死傷人者不刑也罪至重而刑至輕庸人不知惡矣亂莫大焉惡烏路反凡刑人之本禁暴惡惡且徵其未也徵讀爲懲未謂將來殺人者不死而傷人者不刑是謂惠暴而寬賊也非惡惡也故象刑殆非生於治古並起於亂今也今之亂世安爲此說治古不然凡爵列官職賞慶刑罰皆報也以類相從者也報謂報其善惡各以類相從謂善者得其善惡者得其惡也一物失稱亂之端也失稱謂失其所稱類不相從也稱尺證反夫德不稱位能不稱官賞不當功

罰不當罪不祥莫大焉昔者武王伐有商誅紂斷其首懸之赤旆史記武王斬紂頭懸之大白旗此云赤旆所傳聞各異也禮記明堂位說旗曰殷之大白周之大赤即史記之說非也夫征暴誅悍治之盛也殺人者死傷人者刑是百王之所同也未有知其所由來者也刑稱罪則治不稱罪則亂故治則刑重亂則刑輕治世刑必行則不敢犯故重亂世刑不行則人易犯故輕李奇注漢書曰世所以治乃刑重所以亂乃刑輕也犯治之罪固重犯亂之罪固輕也治世家給人足犯法者少有犯則衆惡之

罪固當重也亂世人迫於飢寒犯法者多不可盡用重典當輕也書曰刑罰世輕世重此之謂也書甫刑以言世有治亂故法有重輕也世俗之爲說者湯武不能禁令是何也言不能施禁令故有所不至者曰楚越不受制是不然湯武者至天下之善禁令者也湯居亳武王居鄗皆百里之地也天下爲一諸侯爲臣通達之屬莫不振動從服以化順之振與震同恐也曷爲楚越獨不受制也彼王者之制也視形勢

而制械用即禮記所謂廣谷大川異制民生其間者異俗器械異制衣服異宜也稱遠近而等貢獻豈必齊哉稱尺證反等差也故魯人以榶衛人用柯齊人用一革未詳或曰方言云盌謂之櫂或謂之柯或曰方言榶張也郭云謂榖張也土地形制不同者械用備飾不可不異也故諸夏之國同服同儀儀謂風俗也諸夏迫近京師易一以教化故同服同儀也蠻夷戎狄之國同服不同制夷狄遐遠又各在一方雖同爲要荒之服其制度不同也封內甸服王畿之內也禹貢五百里甸服孔安國曰爲天子服治田也封外侯服畿外也禹貢五百里侯服孔云甸服之外五百里也侯候也斥候而服事王也韋昭云侯服候斥也侯衛賓服韋昭注國語曰侯侯圻衛衛圻自侯圻至衛圻其間五圻圻五百里中國之界也謂之賓服常以貢獻賓服於王五圻者侯圻之外甸圻甸圻之外男圻男圻之外采圻采圻之外衛圻康誥曰侯甸男邦采衛是也此據周官職方氏與禹貢異制也蠻夷要服職方氏云衛服之外五百里曰蠻服又其外五百里曰夷服孔安國云要謂要束以文教要一昭反戎狄荒服職方氏所謂鎭服蕃服也韋昭曰各相去五百里九州之外荒裔之地與戎狄同俗故謂之荒荒忽無常之言甸服者祭侯服者祀賓服者享要服者貢荒服者終王韋昭曰日祭於祖考上食也近漢亦然月祀於曾祖也時享於二祧終謂世終朝嗣王也日祭月祀時享歲貢此下當有終王二字誤脫耳夫是之謂視形勢而

制械用稱遠近而等貢獻是王者之至也至當爲志所以志識遠近也彼楚越者且時享歲貢終王之屬也必齊之日祭月祀之屬然後曰受制邪是規磨之說也規磨之說猶言差錯之說也規者正圓之器磨久則偏盡而不圓失於度程也文子曰水雖平必有波衡雖正必有差韓子曰規有磨而水有波我欲更之無奈之何此通於權者言也溝中之瘠也謂行乞之人在溝壑中羸瘠者以喻智慮淺也則未足與及王者之制也語曰淺不可與測深愚不足與謀知坎井之鼃不可與語東海之樂此

之謂也言小不知大也司馬彪曰坎井壞井也鼃蝦蟇類也事出莊子坎井或作壇井鼃戶媧反

世俗之爲說者曰堯舜擅讓擅與禪同墠亦同義謂除地爲墠告天而傳位也後因謂之禪位世俗以爲堯舜德厚故禪讓聖賢後世德薄故父子相繼荀卿言堯舜相承但傳位於賢而巳與傳子無異非謂求名而禪讓也案書序曰將遜于位讓于虞舜是亦有讓之說此云非禪讓蓋書序美堯之德雖是傳位與遜讓無異非是先自有讓意也孟子亦云萬章曰堯以天下與舜有諸孟子曰天子不能以天下與人曰孰與之曰天與之又曰天與賢則與賢天與子則與子也是不然天子者埶位至尊無敵於天下夫有誰與讓矣讓者埶位敵之名若上下相縣則無與讓矣有讀爲又也道德純備智惠甚明南面而聽天下

生民之屬莫不振動從服以化順之天下無隱士無遺善（無隱藏不用之士也）同焉者是也異焉者非也夫有惡擅天下矣（夫自知不堪其事則求賢而禪位今以堯舜之明聖事無不理又烏用禪位哉）曰死而擅之（或者旣以生無禪讓之事因謂堯舜預求聖賢至死後而禪之）是又不然聖王在上圖德而定次量能而授官（一本作決德而定次）皆使民載其事而各得其宜不能以義制利不能以僞飾性則兼以爲民（僞謂矯其本性也無能者則兼并之令盡爲民氓也）聖王

已沒天下無聖則固莫足以擅天下矣（固無禪讓）天下有聖而在後者則天下不離（有聖繼其後者則天下有所歸不離叛也）朝不易位國不更制天下厭然與鄉無以異也（厭然順服貌一涉反鄉音向）以堯繼堯夫又何變之有矣（言繼位相承與一堯無異豈爲禪讓改變與他人乎）聖不在後子而在三公則天下如歸猶復而振之矣（後子嗣子謂丹朱商均也三公宰相謂舜禹天下如歸言不歸後子而歸三公也復而振之謂猶如天下已去而衰息今使之來復而振起也）天下厭然與鄉無以異也以堯繼

堯夫又何變之有矣（疑此三句重也）唯其徙朝改制爲難（謂殊徽號異制度也舜禹相繼與父子無異所難而不忍者在徙朝改制也後世見其改易遂以爲擅讓也）故天子生則天下一隆致順而治論德而定次（天下一隆謂天下之人皆得其崇厚也致極也）死則能任天下者必有之矣夫禮義之分盡矣擅讓惡用矣哉（夫讓者禮義之名今聖王但求其能任天下者傳之則是盡禮義之分矣豈復更求禪讓之名哉）曰老衰而擅是又不然血氣筋力則有衰若夫知慮取舍則無衰曰老者不堪其

勞而休也是又畏事者之議也（或曰自以畏憚勞苦以爲聖王亦然也）天子者埶至重而形至佚心至愉而志無所詘而形不爲勞尊無上矣衣被則服五采雜閒色（衣被謂以衣被身服五采言備五色也閒色紅碧之屬禮記曰衣正色裳閒色也）重文繡加飾之以珠玉食飲則重大牢而備珍怪期臭味（重多也謂重多之以太牢也珍怪奇異之食也期當爲綦極也）曼而饋（曼當爲萬饋進食也列萬舞而進食）代睪而食（睪未詳蓋香草也或曰睪讀爲櫜即所謂蘭茝本也或曰當爲澤澤蘭也既夕禮茵著用荼實綏澤焉俗書澤字作

水傍罼傳寫誤遺其水耳代罼而食謂焚香氣歆即更以新者代之 **雍而徹** 雍詩周頌樂章名奏者以雍徹言其僭也 **五祀執薦者百人侍西房** 周禮宗伯以血祭祭社稷五祀鄭云五祀四時迎五行之氣於四郊而祭五德之帝也或曰此五祀謂礿祠烝嘗及大祫也或曰國語展禽曰禘郊祖宗報此五者國之祀典也皆王者所親臨之祭非謂戶竈中霤門行之五祀也薦謂所薦陳之物籩豆之屬也侍侍立也西房西廂也侍或爲待也 **居則設張容負依而坐諸侯趨走乎堂下** 居安居也聽朝之時也容謂羽衛也居則設張其容儀負依而坐也戶牖之閒謂之依作扆扆依音同或曰爾雅云容謂之防郭璞云如今牀頭小曲屏風唱射者所以隱見也言施此容於戶牖閒負之而坐也 **出戶而巫覡有事** 出戶謂出內門

也女曰巫男曰覡有事祓除不祥 **出門而宗祀有事** 出門謂車駕出國門宗者主祭祀之官祀當爲祝有事謂祭行神也國語曰使名姓之後能知四時之生犧牲之物玉帛之類采服之宜彝器之量次主之度屏攝之位壇場之所上下之神祇氏姓之所出而心帥舊典者謂之宗又曰使先聖之後能知山川之號宗廟之事昭穆之世齊敬之勤禮節之宜而敬恭明神者謂之祝韋昭曰宗大宗伯也掌祭祀之禮禮記太祝掌祈福祥也 **乘大路趨越席以養安** 大路祭天車禮記曰大路繁纓一就趨衍字耳越席結蒲爲席養安言恐其不安以此和養之按禮以大路越席爲質素此云養安以爲盛飾未詳其意或曰古人以質爲重也 **側載睪芷以養鼻** 睪芷香草也巳解上於車上傍側載之用以養鼻也 **前有錯衡以養目** 詩曰約軝錯衡毛云錯衡文衡 **和**

鑾之聲步中武象騶中韶護以養耳和鸞皆車上鈴也韓詩外傳云鸞在衡和在軾前升車馬動馬動則鸞鳴鸞鳴則和應皆所以為行節也許慎曰和取其敬鸞以象鳥之聲武象韶護皆樂名也騶當為趨趨步謂車緩行趨謂車速行周禮大馭云凡馭路行以肆夏趨以采薺以鸞和為節鄭云行謂大寢至路門趨謂路門至應門也三公奉軶持納軶轅前也納與軜同軜與驂馬內轡繫軾前者詩曰鋈以觼軜諸侯持輪挾輿先馬挾輿在車之左右也先馬導馬也或持輪者或挾輿者或先馬者大侯編後大夫次之大侯國稍大在五等之列者小侯元士次之小侯僻遠小國及附庸也元士上士也禮記曰庶方小侯入天子之國曰某人又曰天子之元士視附庸也庶士介而夾道庶士軍士也介而坐道被甲坐於道側以禦非常也庶人隱竄莫敢視望居如大神動如天帝言畏敬之甚也持老養衰猶有善於是者與不老者休也休猶有安樂恬愉如是者乎不老老也猶言不顯顯也或曰不字衍耳夫老者休息之名豈更有休息安樂樂過此故曰諸侯有老天子無老諸侯供職貢朝聘故有筋力衰竭求致仕者與天子異也有擅國無擅天下古今一也讓者埶位敵之名國事輕則有請於天子而讓賢天下則不然也夫曰堯舜擅讓是虛言也是淺者之傳陋者之說也不知逆順之

理小大至不至之變者也小謂一國大謂天下至不至猶言當不當也未可與及天下之大理者也世俗之爲說者曰堯舜不能教化是何也曰朱象不化是不然也堯舜者至天下之善教化者也南面而聽天下生民之屬莫不振動從服以化順之言天下無不化然而朱象獨不化是非堯舜之過朱象之罪也朱象乃罪人之當誅戮者豈堯舜之過哉論語曰上智與下愚不移是也堯舜者天下之英也鄭康成注禮記云英謂俊選之尤者朱象者天下之嵬一時之瑣也言嵬瑣之人雖被堯舜之治猶不可化言教化所不及嵬瑣已解在非十二子之篇今世俗之爲說者不怪朱象而非堯舜也豈不過甚矣哉夫是之謂嵬說狂妄之說羿逢門者天下之善射者也不能以撥弓曲矢中撥弓不正之弓中丁仲反王梁造父者天下之善馭者也不能以辟馬毀輿致遠辟與躄同必亦反堯舜者天下之善教化者也不能使嵬瑣化何世

而無嵬何時而無瑣自太皞燧人莫不有也太皞伏羲也燧人大皞前帝王始作火化者故作者不祥學者受其殃非者有慶作嵬瑣者不祥也有慶言必無刑戮也詩曰下民之孽匪降自天噂沓背憎職競由人此之謂也詩小雅十月之交之篇言下民相爲妖孽災害非從天降噂噂沓沓然相對談語背則相憎爲此者主由人耳

世俗之爲說者曰太古薄葬棺厚三寸衣衾三領葬田不妨田故不搖也此蓋言古之人君也三領三稱也禮記君陳衣于序東西領南上故以領言葬田不妨田言所葬之地不妨農耕也殷以前平葬無丘隴之識也

亂今厚葬飾棺故搖也是不及知治道而不察於抇不抇者之所言也抇穿也謂發冢也胡骨反凡人之盜也必以有爲其意必有所云爲也不以備不足足則以重有餘也而聖王之生民也皆使當厚優猶不知足而不得以有餘過度當謂得中也丁浪反優猶寬泰也不知足不字亦衍耳言聖王之養民輕賦薄斂皆使寬泰而知足也又有禁限不得以有餘過度也故盜不竊賊不刺盜賊通名分而言之則私竊謂之盜劫殺謂之賊狗豕吐菽粟而農賈皆能以貨財讓農賈

庶人猶讓財其餘無不讓也風俗之美男女自不取於涂而百姓羞拾遺故孔子曰天下有道盜其先變乎衣食足知榮辱雖珠玉滿體文繡充棺黄金充槨加之以丹矸重之以曾青丹矸丹砂也曾青銅之精形如珠者其色極青故謂之曾青加以丹矸重以曾青言以丹青采畫也犀象以爲樹樹之於壙中也琅玕龍茲華覲以爲實琅玕似珠崑崙山有琅玕樹龍茲未詳覲當爲瑾華謂有光華者也或曰龍茲即今之龍鬚席也公羊傳曰衛侯朔屬負茲爾雅曰蓐謂之茲史記曰衛叔封布茲徐廣曰茲者藉席之名列女傳無鹽女謂齊宣王曰漸臺五重黄金白玉琅玕龍疏翡翠珠璣莫落連飾萬民疲極此二殆也疑龍茲即龍疏疏鬚音相近也曹大家亦不解實謂實於棺槨中或曰茲與疑同人猶且莫之抇也是何也則求利之詭緩而犯分之羞大也詭詐也求利詭詐之心緩也夫亂今然後反是上以無法使下以無度行知者不得慮能者不得治賢者不得使不得在位使人若是則上失天性下失地利中失人和故百事廢財物詘而禍亂起王公則病不足於上庶人則凍餒羸瘠於下於是焉桀紂群居而

盜賊擊奪以危上矣言在上位者盡如桀紂也必禽獸行虎狼貪故脯巨人而炙嬰兒矣若是則有何尤抇人之墓抉人之口而求利矣哉抉挑也抉人口取其珠也雖此倮而埋之猶且必抇也安得葬薶哉不可得葬薶而不發彼乃將食其肉而齕其骨也夫曰大古薄葬故不抇亂今厚葬故抇也是特姦人之誤於亂說以欺愚者而潮陷之以偷取利焉夫是之謂大姦言是乃特姦人自誤惑於亂說因以欺愚者猶於泥潮之中陷之謂使陷於不仁不孝也以偷取利謂偕棄死者而苟取其利於生者也是時墨子之徒說薄葬以惑當世故以此譏之傳曰危人而自安害人而自利此之謂也危害死者以利生者與此義同

子宋子曰明見侮之不辱使人不鬭宋子已解在天論篇宋子言若能明侵侮而不以爲辱之義則可使人不鬭也莊子說宋子曰見侮不辱救民之鬭尹文子曰見侮不辱見推不矜禁暴息兵救世之鬭此人君之德可以爲王矣宋子蓋尹文弟子何休注公羊曰以子冠氏上者著其師也言此者蓋以難宋子之徒也人皆以見侮爲辱故鬭也知見侮之爲不辱則不鬭矣應之曰然則亦以

人之情爲不惡侮乎曰惡而不辱也雖惡其侮而不以爲辱惡烏路反下同曰若是則必不得所求焉求不鬬必不得凡人之鬬也必以其惡之爲說非以其辱之爲故也凡鬬在於惡不在於辱也今倡優侏儒狎徒詈侮而不鬬者是豈鉅知見侮之爲不辱哉狎戲也鉅與遽同言此倡優豈速遽知宋子有見侮不辱之論哉然而不鬬者不惡故也今人或入其央瀆竊其豬彘央瀆中瀆也如今人家出水溝也則援劒戟而逐之不避死傷是豈以喪豬爲辱也哉然而不憚鬬者惡之故也雖以見侮爲辱也不惡則不鬬不知宋子之論者也雖知見侮爲不辱惡之則必鬬知宋子之論也然則鬬與不鬬邪亡於辱之與不辱也乃在於惡之與不惡也夫今子宋子不能解人之惡侮而務說人以勿辱也豈不過甚矣哉解達也不知人情惡侮而使見侮不辱是過甚也解如字說讀爲稅金舌弊口猶將無益也金舌以金爲舌金舌弊口以喻不言也雖子宋子見侵侮金舌弊口而不對欲以率先猶無益於不

闕也揚子法言曰金口而木舌金或讀爲噤不知其無益則不知不知此說無益
是不知也知其無益也直以欺人則不仁不仁不
知辱莫大焉發論而不仁不知辱無過此也將以爲有益於
人則與無益於人也與讀爲預本謂有益於人反預於無益人之謂也
則得大辱而退耳說莫病是矣本欲使人見侮不辱反自
得大辱耳子宋子曰見侮不辱應之曰凡議必將
立隆正然後可也崇高正直然後可也無隆正則是非
不分而辨訟不決故所聞曰天下之大隆

是非之封界分職名象之所起王制是也
名謂指名象謂法象王制謂王者之舊制故凡言議期命是非以
聖王爲師期物之所會也命名物也皆以聖王爲法也而聖王之分
榮辱是也聖王以榮辱爲人之大分豈如宋子以見侮爲不辱哉是有兩
端矣榮辱各有二也有義榮者有埶榮者有義
辱者有埶辱者志意脩德行厚知慮明是
榮之由中出者也夫是之謂義榮爵列
尊貢祿厚形埶勝貢謂所受貢賦謂天子諸侯也祿謂受君之祿卿相士大

夫也形埶謂埶位也上爲天子諸侯下爲卿相士大夫是榮之從外至者也夫是之謂埶榮流淫汙優汙穢行也優當爲漫已解在榮辱篇犯分亂理驕暴貪利是辱之由中出者也夫是之謂義辱詈侮捽搏捽持頭也搏手擊也捶笞臏腳捶笞皆杖擊也臏膝骨也腳古腳字臏腳謂刖其膝骨也鄒陽曰司馬喜臏腳於宋卒相中山斬斷枯磔斷如字枯棄市暴屍也磔車裂也周禮以疈辜祭四方百物謂披磔牲體也或者枯與疈辜義同歟韓子曰楚南之地麗水之中生金民多竊采之采金之禁得而輒辜磔所辜磔甚衆而民竊金不止疑辜即枯也又莊子有辜人謂犯罪應死之人也藉

靡舌縪藉見陵藉也才夜反靡繫縛也與縻義同即謂胥靡也謂刑徒之人以鐵鏁相連繫也舌縪未詳或曰莊子云公孫龍口呿而不能合舌舉而不能下謂辭窮亦恥辱也是辱之由外至者也夫是之謂埶辱是榮辱之兩端也故君子可以有埶辱而不可以有義辱小人可以有埶榮而不可以有義榮有埶辱無害爲堯有埶榮無害爲桀義榮埶榮唯君子然後兼有之義辱埶辱唯小人然後兼有之是榮辱之分也聖王以爲法士

大夫以爲道官人以爲守百姓以成俗萬世不能易也言上下皆以榮辱爲治也士大夫主教化者官人守職事之官也今子宋子案不然獨詘容爲己慮一朝而改之說必不行矣言宋子不知聖王以榮辱爲大分獨欲屈容受辱爲己之道其謀慮乃欲一朝而改聖王之法說必不行也譬之是猶以塼塗塞江海也以焦僥而戴太山也塼塗以塗壘塼也焦僥短人長三尺者蹎跌碎折不待頃矣蹎與顛同蹎也頃少頃也二三子之善於子宋子者殆不若止之將恐得傷其體也二三子慕宋子道者也止謂息其說也傷其體謂受大辱子宋子曰人之情欲寡而皆以己之情爲欲多是過也宋子以凡人之情所欲在少不在多也莊子說宋子曰以禁攻寢兵爲外以情欲寡淺爲內也故率其羣徒辨其談說明其譬稱將使人知情欲之寡也稱謂所宜也稱尺證反情欲之寡或爲情之欲寡也應之曰然則亦以人之情爲欲目不欲綦色耳不欲綦聲口不欲綦味鼻不欲綦臭形不欲綦佚此五綦者亦以人之情爲不欲乎曰人之情

欲是已曰若是則說必不行矣以人之情爲欲此五綦者而不欲多譬之是猶以人之情爲欲富貴而不欲貨也好美而惡西施也古之人爲之不然以人之情爲欲多而不欲寡故賞以富厚而罰以殺損也謂以富厚賞之以殺損罰之殺減也所介反是百王之所同也故上賢祿天下次賢祿一國下賢祿田邑愿慤之民完衣食以人之情爲欲多故使德重者受厚祿下至愿慤之民猶得完衣食皆所

以報其功今子宋子以是之情爲欲寡而不欲多也然則先王以人之所不欲者賞而以人之所欲者罰邪亂莫大焉如宋子之說乃大亂之道今子宋子嚴然而好說嚴讀爲儼好說自喜其說也好呼報反聚人徒立師學成文曲文曲文章也然而說不免於以至治爲至亂也豈不過甚矣哉

荀子卷第十二

荀子卷第十三

登仕郎守大理評事揚[illegible]注

禮論篇第十九 舊目録第二十三今升在論議之中於文爲比

禮起於何也曰人生而有欲欲而不得則不能無求求而無度量分界則不能不爭量扶嚮反爭則亂亂則窮窮謂計無所出也先王惡其亂也故制禮義以分之以養人之欲給人之求有分然後欲可養求可給使欲必不窮乎物物必不屈於欲兩者相持而長是禮之所起也屈竭也先王爲之立中道故欲不盡於物物不竭於欲欲與物相扶持故能長久是禮所起之本意者也故禮者養也芻豢稻粱五味調香所以養口也椒蘭芬苾所以養鼻也雕琢刻鏤黼黻文章所以養目也鍾鼓管磬琴瑟竽笙所以養耳也疏房檖貌越席牀第几筵所以養體也疏通也疏房通明之房也貌古貌字檖貌未詳或曰檖讀爲邃貌廟也廟者宮室尊嚴之名或曰貌讀爲邈言屋宇深邃綿邈也第牀棧也越席剪蒲席也古人所重司馬貞曰疏窗也故禮者養也君子既得

其養又好其別曷謂別曰貴賤有等長幼有差貧富輕重皆有稱者也稱謂各當其宜尺證反故天子大路越席所以養體也側載睪芷所以養鼻也前有錯衡所以養目也和鸞之聲步中武象趨中韶護所以養耳也並解在正論篇龍旗九斿所以養信也龍旗畫龍旗爾雅曰素陞龍于縿練斿九旗正福爲縿斿所以屬之者也信謂使萬人見而信之識至尊也養猶奉也寢兕謂武士寢處於甲胄者也持虎謂以虎皮爲弓衣武士執持者也詩曰虎韔鏤膺劉氏云畫虎於鈴竿及楯也蛟韅韅馬服之革蓋象蛟

形徐廣曰以蛟魚皮爲之絲末末與幦同禮記曰若羔幦虎犆鄭云覆苓也絲幦蓋織絲爲幦亡狄反彌龍所以養威也彌如字又讀爲弭弭末也謂金飾衡軛之末爲龍首也徐廣曰乘輿單以金薄繆龍爲輿倚較交虎伏軾龍首銜軛故大路之馬必倍至教順然後乘之所以養安也倍至謂倍加精至也或以必倍爲自倍謂反之車在馬前令馬熟識車也至極教順然後乘之備驚奔也孰知夫出死要節之所以養生也孰甚也出死出身死冠難也要節自要約以節義謂立節也使孰便其知其出要節盡忠於君是乃所以受祿養生也若不能然則亂而不保其生也要一遙反孰知夫出費用之所以養財也費用財以成禮謂問遺之屬是乃所以求奉養其財

不相侵奪也 孰知夫恭敬辭讓之所以養安也 無恭敬辭讓則亂而不安也 孰知夫禮義文理之所以養情也 無禮義文理則縱情性不知所歸也 故人苟生之爲見若者必死 言苟唯以生爲所見不能出死要節若此者必死也 苟利之爲見若者必害 苟唯以利爲所見不能用財以成禮若此者必遇害也 苟怠惰偷懦之爲安居若者必危 懦讀爲儒言苟以怠惰爲安居不能恭敬辭讓若此者必危也 苟情說之爲樂若者必滅 說讀爲悅言苟以情悅爲樂不知禮義文理恣其所欲若此者必滅亡也 故人一之於禮義則兩得之矣一之於情性則兩喪之矣 專一於禮義則禮義情性兩得專一於情性則禮義情性兩喪也 故儒者將使人兩得之者也墨者將使人兩喪之者也是儒墨之分也

禮有三本天地者生之本也先祖者類之本也 類種 君師者治之本也無天地惡生無先祖惡出無君師惡治三者偏亡焉無安人 偏亡謂闕一也 故禮上事天下事地尊先祖而隆君師是禮之三本也 所以奉其三本 故王者天大祖

謂以配天也太祖若周之后稷諸侯不敢壞謂不祧其廟若魯周公史記作不敢懷司馬貞云思也蓋誤耳大夫士有常宗繼別子之後爲族人所常宗百世不遷之大宗也別子若魯三桓也所以別貴始貴始得之本也得當爲德言德之本在貴始穀梁傳有此語郊止乎天子而社止於諸侯道及士大夫道通也言社自諸侯通及士大夫也或曰道行神也祭法大夫適士皆得祭門及行史記道作蹈亦作啗司馬貞曰啗音含苞也言士大夫皆得苞立社倞謂當是道誤爲蹈傳寫又誤以蹈爲啗耳所以別尊者事尊卑者事卑宜大者巨宜小者小也故有天下者事十世十當爲七穀梁傳作天子七廟有一

國者事五世有五乘之地者事三世古者十里爲成成出革車一乘五乘之地謂大夫有菜地者得立三廟也有三乘之地者事二世祭法所謂適士立二廟也持手而食者不得立祭廟持其手而食謂農工食力也所以別積厚積厚者流澤廣積薄者流澤狹也積與績同功業也穀梁傳僖公十五年震夷伯之廟夷伯魯大夫因此以見天子至于士皆有廟也天子七廟諸侯五大夫三士二故德厚者流光德薄者流卑是以貴始德之本也大饗尚玄尊俎生魚先大羹貴食飲之本也大饗祫祭先王也尚上也玄酒水也大羹肉汁無鹽梅之味者也本謂造飲食之初禮記曰郊血大饗腥也饗尚

玄尊而用酒醴先黍稷而飯稻粱饗與享同四時享廟也用謂酌獻也以玄酒爲上而獻以酒醴先陳黍稷而後飯以稻粱也祭齊大羹而飽庶羞貴本而親用也祭月祭也齊讀爲嚌至齒也謂尸舉大羹但至齒而已矣至庶羞而致飽也用謂可用食也貴本之謂文親用之謂理文謂脩飾理謂合宜兩者合而成文以歸大一夫是之謂大隆貴本親用兩者相合然後備成文理大讀爲太太一謂太古時也禮記曰夫禮必本於太一言雖備成文理然猶不忘本而歸於太一是謂大隆於禮司馬貞曰隆盛也得禮文理歸於太一是禮之盛也故尊之尚玄酒也俎之尚生魚也豆之先大

羹也一也一謂一於古也此以象太古時皆貴本之義故云一也利爵之不醮也成事之俎不嘗也三臭之不食也一也醮盡也謂祭祀畢告利成利成之時其爵不卒奠于筵前也史記作不啐成事謂尸既飽禮成不嘗其俎儀禮尸又三飯上佐食受尸牢肺正脊加于肵是臭謂歆其氣謂食畢也許又反皆謂禮畢無文飾復歸於朴亦象太古時也史記作三侑之不食司馬貞云禮祭必立侑以勸尸食至三飯而止每飯有侑一人故曰三侑既是勸尸故不自食也昏之未發齊也太廟之未入尸也始卒之未小斂也一也皆謂未有威儀節文象太古時也史記作大昏之未發齊也司馬貞曰發齊謂婚禮父親醮子而迎故曲禮云齊戒以告鬼神此三者皆禮之初始質而未備

故云一也大路之素未集也郊之麻絻也喪服之先散麻也一也大路殷祭天車王者所乘也未集不集丹漆也禮記云大路素而越席又曰丹漆彫幾之美素車之乘麻絻績麻爲冕所謂大裘而冕不用袞龍之屬也士喪禮始死主人散帶垂長三尺史記作大路之素幬司馬貞曰幬音稠謂車蓋素帷赤質者也三年之喪哭之不文也清廟之歌一倡而三歎也縣一鍾尚拊之膈朱絃而通越也一也不文謂無曲折也禮記曰斬衰之哭若往而不反清廟之歌謂工以樂歌清廟之篇也一人倡三人歎言和之者寡也縣一鍾比於編鍾爲簡略也尚拊之膈未詳或曰尚謂上古也拊樂器名膈擊也即所謂戛擊鳴球搏拊琴瑟也尚古樂所以示質也揚子雲長楊賦曰拮膈鳴球韋昭曰古文隔爲擊或曰膈當爲

特大戴禮作搏拊一名相禮記曰治亂以相拊所以輔樂相亦輔之義書曰搏拊琴瑟孔安國曰拊以韋爲之實之以糠所以節樂也周禮大祭祀登歌令奏擊拊司馬貞說拊鬲謂縣鍾格也不擊其鍾而拊其格不取其聲示質也朱絃練朱絃也練則聲濁越瑟底孔也畫疏之所以發越其聲故謂之越疏通之使聲遲也史記作洞越或曰隔讀爲戛也凡禮始乎稅成乎文終乎悅校史記作始乎脫成乎文終乎稅言禮始於脫略成於文飾終於稅滅禮記曰禮主其減校未詳大戴禮作終於隆盛也故至備情文俱盡情文俱盡乃爲禮之至備情謂禮意喪主哀祭主敬之類文謂禮物威儀也其次情文代勝不能至備或文勝於情情勝於文是亦禮之次也其下復情以歸大一也雖無文飾但復情以歸質素是亦禮也若潢汙行潦之水可薦於鬼神也天地以合日月以明四時以序

星辰以行江河以流萬物以昌好惡以節喜怒以當言禮能上調天時下節人情若無禮以分別之則天時人事皆亂也昌謂各遂其生也以爲下則順以爲上則明萬物變而不亂貳之則喪也禮豈不至矣哉禮在下位則使人順在上位則治萬變而不亂貳謂不一在禮喪亡也立隆以爲極而天下莫之能損益也立隆盛之禮以極盡人情使天下不復更能損益也本末相順司馬貞曰禮之盛文理合以歸太一禮之殺復情以歸太一是本末相順也終始相應司馬貞曰禮始於脫略終於稅亦殺也殺亦脫略是終始相應也至文以有別至察以有說言禮之至文以其有尊卑貴賤之別至察以其有是非分別之說司馬貞曰說音悅言禮之至察有以明鴻殺委曲之情文足以悅人心也天下從之者治不從者亂從之者安不從者危從之者存不從者亡小人不能測也禮之理誠深矣堅白同異之察入焉而溺其理誠大矣擅作典制辟陋之說入焉而喪其理誠高矣暴慢恣睢輕俗以爲高之屬入焉而隊隊古墜字墮也以其深故能使堅白者溺以其大故能使擅作者喪以其高故能使暴慢者墜司馬貞曰恣睢毀訾也故繩墨誠陳矣則不

可欺以曲直衡誠縣矣則不可欺以輕重規矩誠設矣則不可欺以方圓君子審於禮則不可欺以詐僞故繩者直之至衡者平之至規矩者方圓之至禮者人道之極也然而不法禮不足禮謂之無方之民法禮足禮謂之有方之士 足謂無闕失方猶道也 禮之中焉能思索謂之能慮禮之中焉能勿易謂之能固 勿易不變也若不在禮之中雖能思索勿易猶無益 能慮能固加好者

焉斯聖人矣故天者高之極也地者下之極也無窮者廣之極也 東西南北無窮 聖人者道之極也故學者固學爲聖人也非特學爲無方之民也禮者以財物爲用 以貢獻問遺之類爲行禮之用也 以貴賤爲文 以車服旗章爲貴賤文飾也 以多少爲用 多少異制所以別上下也 以隆殺爲要 隆豐厚殺減降也要當也禮或厚或薄唯其所當爲貴也 文理繁情用省是禮之隆也 文理謂威儀情用謂忠誠若享獻之禮賓主百拜情唯主敬文過於情是禮之隆盛也 文理省情用繁是禮之殺也 若尊之尚

玄酒本於質素情過於文雖減殺是亦禮也文理情用相爲内外表裏並行而雜是禮之中流也或豐或殺情文代勝並行相雜是禮之中流中流言如水之清濁相混也故君子上致其隆下盡其殺而中處其中君子知禮者致極也言君子於大禮則極其隆厚小禮則盡其降殺中用得其中皆不失禮也步驟馳騁厲騖不外是矣是君子之壇宇宮廷也厲騖疾騖也史記作廣騖言雖馳騁不出於隆殺之閒壇宇宮廷已解於上人有是士君子也外是民也是猶此也民民泯無所知者於是其中焉方皇周挾曲得其次序是聖人也方皇讀爲仿偟猶徘徊也挾讀爲浹匝也言於是禮之中徘徊周匝委曲皆得其次序而不亂是聖人也故厚者禮之積也大者禮之廣也高者禮之隆也明者禮之盡也聖人所以能厚重者由積禮也能弘大者由廣禮也崇高者由隆禮也明察者由盡禮也司馬貞曰言君子聖人有厚大之德則爲之所歸積益弘廣也詩曰禮儀卒度笑語卒獲此之謂也引此明有禮動皆合宜也

禮者謹於治生死者也謹嚴生人之始也死人之終也終始俱善人道畢矣故君子敬始

而慎終終始如一是君子之道禮義之文也夫厚其生而薄其死是敬其有知而慢其無知也是姦人之道而倍叛之心也君子以倍叛之心接臧穀猶且羞之而況以事其所隆親乎臧巳解在王霸篇莊子曰臧與穀相與牧羊音義云孺子曰穀或曰穀讀爲鬬穀於菟之穀穀乳也謂哺乳小兒也所隆親所厚之親也故死之爲道也一而不可得再復也臣之所以致重其君子之所以致重其親於是盡矣以其一死不可再復臣子於極重之道不可不盡也

故事生不忠厚不敬文謂之野忠厚忠心篤厚敬文恭敬有文飾野野人不知禮者也送死不忠厚不敬文謂之瘠瘠薄君子賤野而羞瘠故天子棺槨十重諸侯五重大夫三重士再重禮記云天子之棺四重水兕革棺被之其厚三寸杝棺一梓棺二四者皆周棺束縮二衡三衽每束一柏椁以端長六尺又禮器曰天子七月而葬五重八翣鄭云五重謂杭木與茵也今云十重蓋以棺槨與杭木合爲十重也諸侯巳下與禮記多少不同未詳也然後皆有衣衾多少厚薄之數皆有翣菨文章之等以敬飾之衣謂衣衾禮記所謂君陳衣干庭百稱之比者也衾謂君錦衾大夫縞衾士緇衾也

食謂遣車所苞遣奠也翣萋當爲蔞翣鄭康成云蔞翣棺之牆飾也翣以木爲衣以白布畫爲雲氣如今之攝也周禮縫人衣翣柳之材鄭云必先纏衣其木乃以張飾也柳之言聚也諸飾所聚柳以象宮室也劉熙釋名云輿棺之車其蓋曰柳文章之等謂君龍帷三池振容黼荒火三列黻三列素錦褚加帷荒纁紐六齊五采五貝黼翣二黻翣二畫翣二皆戴圭魚躍拂池君纁戴六纁披六大夫以下各有差也使生死終始若一足以爲人願是先王之道忠臣孝子之極也生死如一則人願皆足忠孝之極在此也天子之喪動四海屬諸侯諸侯之喪動通國屬大夫大夫之喪動一國屬修士修士之喪動一鄉屬朋友屬謂付託之使主喪也通國謂通好之國也一國謂同在朝之人也修士士之進修者謂上士也一鄉謂一鄉內之姻族也

春秋傳曰天子七月而葬同軌畢至諸侯五月而葬同盟至大夫三月同位至士踰月外姻至庶人之喪合族黨動州里刑餘罪人之喪不得合族黨獨屬妻子棺槨三寸衣衾三領不得飾棺不得晝行以昏殣凡緣而往埋之刑餘遭刑之餘死也墨子曰桐棺三寸葛以爲緘趙簡子亦云然則厚三寸刑人之棺也喪大記士陳衣于序東三十稱今云三領亦貶損之甚也殣道死人也詩曰行有死人尚或殣之今昏殣如掩道路之死人惡之甚也凡常也緣因也言其妻子如常日其所服而埋之不更加絰杖也今猶謂無盛飾爲緣身也反無哭泣之節無

衰麻之服無親疏月數之等各反其平各復其始已葬埋若無喪者而止夫是之謂至辱（此蓋論墨子薄葬是以至辱之道奉君父也）禮者謹於吉凶不相厭者也（厭掩也烏甲反謂不使相掩也或曰不使相厭惡非也）紸纊聽息之時則夫忠臣孝子亦知其閔已（紸讀爲注注纊即屬纊也言此時知其必至於憂閔也或曰紸當爲絓絓古化反以爲鞋字非也）然而殯斂之具未有求也（所謂不相厭也）垂涕恐懼然而幸生之心未已持生之事未輟也卒矣然後作具之（作之具之）故雖備家必踰日然後能殯三日而成服（備豐足也）然後告遠者出矣備物者作矣故殯久不過七十日速不損五十日（此皆據士喪禮首尾三月者也損減也）是何也曰遠者可以至矣百求可以得矣百事可以成矣其忠至矣其節大矣其文備矣（忠誠也節人子之節也文器用儀制也子思曰喪三日而殯凡附於身者必誠必信勿之有悔焉耳三月而葬凡附於棺者必誠必信勿之有悔焉耳）然後月朝卜日月夕卜宅然後葬也（月朝月初也月夕月末也先卜日知其期然後卜宅此大夫之禮也士則筮宅士喪禮先筮宅後卜日此云月

朝卜日月夕卜宅未詳也當是時也其義止誰得行之其義行誰得止之（聖人爲之節制使賢者抑情不肖者企及）故三月之葬殯其須以生設飾死者也殆非直留死者以安生也（須象也言其象以生之所設器用飾死者三月乃能備也）是致隆思慕之義也

卒禮之凡（凡謂常道）變而飾（謂殯斂每加飾）動而遠（禮記子游云飯於牖下小斂於戶內大斂於阼殯於客位祖於庭葬於墓所以即遠也）久而平（久則哀殺如平常也）故死之爲道也不飾則惡惡則不哀尒則翫（尒與邇同翫戲狎也）翫則厭厭則忘忘則不敬一朝而喪其嚴親而所以送葬之者不哀不敬則嫌於禽獸矣君子恥之故變而飾所以滅惡也動而遠所以遂敬也（遂成也邇則慢敬不成也）久而平所以優生也（優養生者謂送死有已復生有節也）禮者斷長續短損有餘益不足達愛敬之文而滋成行義之美者也（皆謂使賢不肖得中也賢者則達愛敬之文而已不至於滅性不肖者用此成行義之美不至於禽獸也）故文飾麤惡聲樂哭泣恬愉憂戚是反也

是相反也然而禮兼而用之時舉而代御御進用也時吉則吉時凶則凶也故文飾聲樂恬愉所以持平奉吉也麤衰哭泣憂戚所以持險奉凶也持扶助也險謂不平之時故其立文飾也不至於窕冶窕讀爲姚姚冶妖美也其立麤衰也不至於瘠棄立麤衰以爲居喪之飾亦不使羸瘠自棄其立聲樂恬愉也不至於流淫惰慢其立哭泣哀戚也不至於隘懾傷生是禮之中流也隘窮也懾猶戚也之怯反中流禮之中道也故情貌之變足以別吉凶明貴

賤親疏之節期止矣期當爲斯外是姦也雖難君子賤之故量食而食之量要而帶之相高以毀瘠是姦人之道也非禮義之文也非孝子之情也將以有爲者也非禮義之節文孝子之真情將有作爲以邀名求利若演門也故說豫娩澤憂戚萃惡是吉凶憂愉之情發於顏色者也說讀爲悅豫樂也娩媚也音晚澤顏色潤澤也萃與顇同惡顏色惡也發見也歌謠謸笑哭泣諦號是吉凶憂愉之情發於聲音者也謸與傲同戲謔也說文云謸悲聲與此義不同諦讀爲啼管子

曰冢人立而啼古字通用號胡刀反芻豢稻粱酒醴餰鬻魚肉菽藿酒漿是吉凶憂愉之情發於食飲者也餰鬻菽藿喪者之食卑絻黼黻文織資麤衰絰菲繐菅屨是吉凶憂愉之情發於衣服者也卑絻與裨冕同衣裨衣而服冕也裨之言卑也天子六服大裘爲上其餘爲卑以事尊卑服之諸侯以下皆服焉文織染絲織爲文章也資與齋同即齊衰也麤麤布也今麤布亦謂之資菲草衣蓋如蓑然或當時喪者有服此也繐繐衰也鄭玄云繐衰小功之縷四升半之衰也凡布細而疏者謂之繐今南陽有鄧繐布菅茅也春秋傳曰晏子杖菅屨也疏房檖䫉越席牀笫几筵屬茨倚廬席薪枕塊是吉凶憂愉之情發於居處者也茨蓋屋草也屬茨令茨相連屬而已至疏漏也倚廬鄭云倚木爲廬謂一邊著地如倚物者既葬柱楣塗廬也兩情者人生固有端焉兩情謂吉與凶憂與愉言此兩情固自有端緒非出於禮也若夫斷之繼之博之淺之益之損之類之盡之盛之美之使本末終始莫不順比純備足以爲萬世則則是禮也人雖自有憂愉之情必須禮以節制進退然後終始合宜類之謂觸類而長比附會也毗至反非順孰修爲之君子莫之能知也順從也孰精也修治也爲作也故曰性者本始村朴也僞

者文理隆盛也無性則僞之無所加無僞則性不能自美之往性僞合然後成聖人之名一天下之功於是就也一謂不分散言性僞合然後成聖人之名也故曰天地合而萬物生陰陽接而變化起性僞合而天下治天能生物不能辨物也地能載人不能治人也宇中萬物生人之屬待聖人然後分也詩曰懷柔百神及河喬嶽此之謂也引此喻聖人能并治之詩周頌時邁之篇卒禮者以生者飾死者也大象其生以送其死也故如死如生如存如亡終始一也不以死異於生亡異於存始卒沐浴鬠體飯唅象生執也儀禮鬠用組鄭云用組組束髮也古文鬠皆爲括體謂爪揃之屬士喪禮主人左扱米實于右三實一貝左中亦如之几實米唯盈鄭云于右尸口之右唯盈取滿而已是飯唅之禮也象生執謂象生時所執持之事執或爲持不沐則濡櫛三律而止不浴則濡巾三式而止律理髮也今秦俗猶以批髮爲栗濡濕也式與拭同士喪禮尸無有不沐浴者此云蓋末世多不備禮也充耳而設瑱士喪禮瑱用白纊鄭云瑱充耳纊新綿也飯以生稻唅以槁骨反生

術矣生稻禾也槁枯也槁骨貝也術法也前說象其生也此已下說反於生之法也說褻衣襲三稱縉紳而無鉤帶矣縉與搢同扱也紳大帶也搢紳謂扱於帶鉤之所用弛張也今不復解脫故不設鉤也褻衣親身之衣也士喪禮飯唅後乃襲三稱明衣不在筭設韐帶搢笏禮記曰季康子之母死陳褻衣鄭玄云褻衣非上服陳之將以斂也設掩面儇目鬠而不冠笄矣士喪禮掩用練帛廣終幅長五尺儇與還同繞也士喪禮幎目用緇方尺二寸赬裏著組繫幎讀如縈縈與還義同鬠而不笄謂但鬠髮而已不加冠及笄也士喪禮笄用桑又云鬠用組乃笄此云不笄或後世畧也書其名置于其重則名不見而柩獨明矣書其名于旌也士喪禮爲銘各以其物亡則以緇長半幅赬末長終幅廣三寸書銘于末曰某氏某之柩重以木爲之長三尺

夏祝取飯之餘爲粥盛以二鬲縣于重冪用葦席書其名置于重謂見所書置于重則名已無但知其柩也士喪禮祝取銘置于重案銘皆有名此云無蓋後世禮變今猶然薦器則冠有鍪而毋縱薦器謂陳明器也鍪冠捲如兜鍪也縱韜髮者也士冠禮緇纚廣終幅長六尺謂明器之冠也有如兜鍪加首之形而無韜髮之縱也鍪之言蒙也冒也所以冒首莫侯反或音冒甕廡虛而不實士喪禮甕三醯醢屑廡二醴酒皆有冪蓋喪禮陳鬼器人器鬼器虛人器實也禮記宋襄公葬其夫人醯醢百甕曾子曰既曰明器而又實之有簟席而無牀第此言棺中不施牀第大斂小斂則皆有也木器不成斲陶器不成物薄器不成內木不成於雕斲不加功也瓦不成於器物不可用也薄器竹葦之器不成內謂有其外形內不

可用也內或爲用禮記曰竹不成用瓦不成味鄭云成善也竹不可善用謂籩無縢也味當作沫沫靧也笙竽具而不和琴瑟張而不均鄭云無宮商之調也輿藏而馬反告不用也輿謂輁軸也國君謂之輴藏謂埋之也馬謂駕輁軸之馬告示也言也士喪禮既啓遷于祖用軸禮記君葬用輴四綍二碑大夫葬用輴二綍二碑士葬用國車皆至葬時埋之也具生器以適墓象徙道也生器用器也弓矢盤盂之屬徙遷改也徙道其生時之道器當在家今以適墓以象人行不從常行之道更從他道也畧而不盡貌而不功趨輿而藏之金革轡靷而不入明不用也略而不盡謂簡畧而不盡備也貌形也言但有形貌不加功精好也趨輿而藏之謂以輿趨於墓而藏之趨者速也

速藏之意也金謂和鸞革車輁也說文云靷所以引軸者也杜元凱云靷在馬胷或曰貌讀爲邈像也今謂畫物爲貌下貌皆同義象徙道又明不用也以器適墓象其改易生時之器亦所以明不用也是皆所以重哀也有異生時皆所以重孝子之哀也故生器文而不功明器貌而不用生器生時所用之器士喪禮曰用器弓矢耒耜兩敦兩杅盤匜之屬明器鬼器塗車芻靈木不成斲竹不成用瓦不成沫之屬禮記曰周人兼用之以言不知死者有知無知故雜用生器與明器也凡禮事生飾歡也送死飾哀也祭祀飾敬也師旅飾威也是百王之所同古今之所一也未有知其所由來者也故壙

壠其貌象室屋也壙墓中壠冢也禮記曰適墓不登壠貌猶意也言其意以象生時也也或音邈棺椁其貌象版蓋斯象拂也版謂車上障蔽者蓋車蓋也斯未詳象衍字拂即茀也爾雅釋器云輿革前謂之䡖後謂之茀郭云以韋靶車軾及後戶也無帾絲歶縷翣其貌以象菲帷幬尉也無讀為幠幠覆也所以覆尸者也士喪禮幠用衾夷衾是也帾與褚同禮記曰素錦褚又曰褚幕丹質鄭云所以覆棺也絲歶未詳蓋亦喪車之飾也或曰絲讀為緌禮記曰畫翣二皆載緌鄭云以五采羽注於翣首也歶讀為魚謂以銅魚懸於池下禮記曰魚躍拂池縷讀為柳蔞字誤為縷字耳菲謂編草為蔽蓋古人所用障蔽門戶者今貧者猶然或曰菲當為扉隱也謂隱奧之處也或曰菲讀為扉戶扇也幬讀為帳尉讀為罻罻網也帷帳如網也抗折其

貌以象槾茨番閼也士喪禮陳明器於乘車之西折橫覆之抗木橫三縮者五無簀窆事畢加之壙上以承抗席抗禦也所以禦止土者槾扜也茨蓋屋也槾茨猶墍茨也槾莫干反番讀為藩藩籬也閼為門戶壅閼風塵者抗所以禦土折所以承抗皆不使外物侵內有象於槾茨藩閼也故喪禮者無他焉明死生之義送以哀敬而終周藏也故葬埋敬葬其形也葬也者藏也所以為葬埋之禮敬藏其形體也祭祀敬事其神也其銘誄繫世敬傳其名也銘謂書其功於器物若孔悝之鼎銘者誄謂誄其行狀以為謚也繫世謂書其傳襲若今之譜諜也皆所以敬傳其名於後世也事生飾始也送死飾終也終始

具而孝子之事畢聖人之道備矣刻死而附生謂之墨刻生而附死謂之惑刻損減附增益也墨子之法惑謂惑亂過禮也殺生而送死謂之賊殉葬殺人與賊同也大象其生以送其死使死生終始莫不稱宜而好善是禮義之法式也儒者是矣三年之喪何也曰稱情而立文鄭康成曰稱人之情輕重而制其禮也因以飾羣別親疏貴賤之節而不可益損也故曰無適不易之術也羣別謂羣而有別也適往也無往不易言所至皆不可易此術或曰適讀為敵

創巨者其日久痛甚者其愈遲三年之喪稱情而立文所以為至痛極也創傷也楚良反日久愈遲互言之也皆言久乃能平故重喪必待三年乃除亦為至痛之極不可朞月而已齊衰苴杖居廬食粥席薪枕塊所以為至痛飾也禮記斬衰苴杖謂以苴惡竹為之杖鄭云飾謂章表也三年之喪二十五月而畢哀痛未盡思慕未忘然而禮以是斷之者豈不以送死有已復生有節也哉斷決也丁亂反鄭云復生謂除喪反生者之事也凡生乎天

地之閒者有血氣之屬必有知有知之屬
莫不愛其類今夫大鳥獸則失亡其羣匹
越月踰時則必反鉛過故鄉則必徘徊焉
鳴號焉躑躅焉踟躕焉然後能去之也鉛與沿同
循也禮記作反巡過其故鄉徘徊旋飛翔之貌躑躅以足擊地也踟躕不能去之貌小者是燕爵
猶有啁噍之頃焉然後能去之燕爵與鸞雀同故有
血氣之屬莫知於人故人之於其親也至
死無窮鳥獸猶知愛其羣匹良久乃去況人有生之最智則於親喪悲哀之情至死不窮已故以三年

節之也將由夫愚陋淫邪之人與則彼朝死而
夕忘之然而縱之則是曾鳥獸之不若也
彼安能相與羣居而無亂乎將由夫脩飾
之君子與則三年之喪二十五月而畢若駟
之過隙然而遂之則是無窮也隙壁孔也鄭云喻疾也遂
之謂不時除也故先王聖人安爲之立中制節一使
足以成文理則舍之矣禮記作焉爲之立中制節鄭云焉猶然立中制
節謂服之年月也舍除也王肅云一皆也然則何以分之分半也半於三年矣曰至

親以朞斷斷決也鄭云言服之正雖至親皆期而除也是何也鄭云問服斷於期之義也曰天地則已易矣四時則已徧矣其在宇中者莫不更始矣宇中者謂萬物故先王案以此象之也然則三年何也鄭云法此變易可以期何乃三年爲曰加隆焉案使倍之故再期也鄭云言於父母加厚其恩使倍期也由九月以下何也由從也從大功以下也曰案使不及也鄭云言使其恩不若父母故三年以爲隆緦小功以爲殺期九月以爲閒隆厚也殺減也所介反閒厠其閒也古莧反情在隆殺之閒也上取象於天下取象於地中取則於人人所以羣居和一之理盡矣鄭云取象於天地謂法其變易也自三年以至緦皆歲時之數也言既象天地又足以盡人聚居粹厚之恩也故三年之喪人道之至文者也夫是之謂至隆至文飾人道使成忠孝鄭云言三年之喪喪禮之最盛也是百王之所同古今之所一也一謂不變君之喪所以取三年何也問君之喪何取於三年之制曰君者治辨之主也文理之原也情貌之盡也相率而致隆之不亦可乎治辨謂能治人使有辨別也文理法理條貫也原本也情忠誠

也貌恭敬也致至也言人所施忠敬無盡於君者則臣下相率服喪而至於三年不亦可乎詩曰愷悌君子民之父母彼君子者固有爲民父母之說焉父能生之不能養之養謂哺乳之也養或爲食母能食之不能教誨之食音嗣也君者已能食之矣又善教誨之者也食謂祿廩教誨謂制命也三年畢矣哉君者兼父母之恩以三年報之猶未畢也乳母飲食之者也而三月慈母衣被之者也而九月君曲備之者也三年畢乎哉曲備謂兼飲食衣被得之則治失之則亂文

之至也文謂法度也治亂所繫是有法度之至也得之則安失之則危情之至也情謂忠厚謂使人去危就安是忠厚之至也兩至者俱積焉以三年事之猶未足也直無由進之耳直但也故社祭社也稷祭稷也社土神以勾龍配之稷百穀之神以弃配之但各止祭一神而已郊者并百王於上天而祭祀之也百王百神也或神字誤爲王言社稷唯祭一神至郊天則兼祭百神以喻君兼父母者也三月之殯何也此殯謂葬也曰大之也重之也所致隆也所致親也將舉錯之遷徙之離宮室而歸丘陵

也先王恐其不文也是以繇其期足之日也所至厚至親將徙而歸丘陵不可急遽無文飾故繇其期足之日然後葬也繇讀爲由從也故天子七月諸侯五月大夫三月皆使其須足以容事事足以容成成足以容文文足以容備曲容備物之謂道矣須待也謂所待之期也事喪具也道者委曲容物備物者也祭者志意思慕之情也憛詭悒僾而不能無時至焉憛變也詭異也皆謂變異感動之貌悒僾氣不舒憤鬱之貌爾雅云僾悒也郭云嗚悒短氣也言人感動或憤鬱不能無時而至言有時而至也憛音革悒音邑僾音愛故人之歡欣和合之時則夫忠臣孝子亦憛詭而有所至矣歡欣之時忠臣孝子則感動而思君親之不得同樂也彼其所至者甚大動也言所至之情甚大感動也案屈然已則其於志意之情者惆然不嗛其於禮節者闕然不具屈竭也屈然空然也惆然悵然也嗛足也言若無祭祀之禮空然而已則忠臣孝子之情悵然不足禮節又闕然不具也故先王案爲之立文尊尊親親之義至矣文謂祭祀節文故曰祭者志意思慕之情也忠信愛敬之至矣禮節文貌之盛

矣苟非聖人莫之能知也聖人明知之士君子安行之官人以爲守百姓以成俗其在君子以爲人道也其在百姓以爲鬼事也[以爲人道則安而行之以爲鬼事則畏而奉之]故鍾鼓管磬琴瑟竽笙韶夏護武汋桓箾簡象是君子之所以爲悖詭其所喜樂之文也[因說祭遂廣言喜樂哀痛敦惡之意本皆因於感動而爲之文飾也喜樂不可無文飾故制爲鍾鼓韶夏之屬箾音朔賈逵曰舞曲名武汋桓皆周頌篇名簡未詳象周武王伐紂之樂]齊衰苴杖居廬食粥席薪枕

塊是君子之所以爲悖詭其所哀痛之文也[感動其所哀痛而不可無文飾故制爲齊衰苴杖之屬言本皆因於感動也]師旅有制刑法有等莫不稱罪是君子之所以爲悖詭其所敦惡之文也[師旅所以討有罪制謂人數也有等輕重異也敦厚也厚惡深惡也或曰敦讀爲頓頓困躓也本因感動敦惡故制師旅刑罰以爲文飾]卜筮視日齊戒修塗几筵饋薦告祝如或饗之[視日之吉凶史記周文爲項燕視日修塗謂修自宮至廟之道塗也几筵謂祝筵几于室中東面也饋獻牲體也薦進黍稷也告祝謂尸命祝以嘏于主人曰皇尸命工祝承致多福無疆于汝孝孫來女孝孫使女受祿于天宜稼于田眉壽萬年勿替引之如或歆饗其祀然也]物取

而皆祭之如或甞之物取每物皆取也謂祝命挼祭尸取菹擩于醢祭于豆閒佐食取黍稷肺授尸尸祭之又取肝擩于鹽振祭嚌之是也如或甞之謂尸啐嚌之如神之親甞然也毋利舉爵當云無舉利爵即上文云利爵之不醮也主人有尊如或觴之謂主人設尊酌以獻尸尸飲之如神飲其觴然賓出主人拜送反易服即位而哭如或去之此雜說喪祭也易服易祭服反喪服也賓出祭事畢即位而哭如神之去然也哀夫敬夫事死如事生事亡如事存狀乎無形影然而成文狀類也言祭祀不見鬼神有類乎無形影者然而足以成人道之節文也

荀子卷第十三

荀子卷第十四

登仕郎守大理評事楊　倞　注

樂論篇第二十

夫樂者樂也人情之所必不免也故人不能無樂樂則必發於聲音形於動靜而人之道聲音動靜性術之變盡是矣故人不能不樂樂則不能無形形而不爲道則不能無亂先王惡其亂也故制雅頌之聲以道之使其聲足以樂而不流使其文足以

辨而不諰使其曲直繁省廉肉節奏足以感動人之善心使夫邪汙之氣無由得接焉是先王立樂之方也而墨子非之奈何故樂在宗廟之中君臣上下同聽之則莫不和敬閨門之内父子兄弟同聽之則莫不和親鄉里族長之中長少同聽之則莫不和順故樂者審一以定和者也比物以

飾節者也合奏以成文者也足以率一道足以治萬變是先王立樂之術也而墨子非之奈何故聽其雅頌之聲而志意得廣焉執其干戚習其俯仰屈伸而容貌得莊焉行其綴兆要其節奏而行列得正焉進退得齊焉故樂者出所以征誅也入所以揖讓也征誅揖讓其義一也出所以征誅則莫不聽從入所以揖讓則莫不從服故

樂者天下之大齊也中和之紀也人情之所必不免也是先王立樂之術也而墨子非之奈何且樂者先王之所以飾喜也軍旅鈇鉞者先王之所以飾怒也先王喜怒皆得其齊焉是故喜而天下和之怒而暴亂畏之先王之道禮樂正其盛者也而墨子非之故曰墨子之於道也猶瞽之於白黑也猶聾之於清濁也猶之楚而北求之

也夫聲樂之入人也深其化人也速故先王謹爲之文樂中平則民和而不流樂肅莊則民齊而不亂民和齊則兵勁城固敵國不敢嬰也如是則百姓莫不安其處樂其鄉以至足其上矣然後名聲於是白光輝於是大四海之民莫不願得以爲師是王者之始也樂姚冶以險則民流慢鄙賤矣流慢則亂鄙賤則爭亂爭則兵弱城犯

敵國危之如是則百姓不安其處不樂其鄉不足其上矣故禮樂廢而邪音起者危削侮辱之本也故先王貴禮樂而賤邪音其在序官也曰脩憲命審誅賞禁淫聲以時順脩使夷俗邪音不敢亂雅大師之事也墨子曰樂者聖王之所非也而儒者爲之過矣君子以爲不然樂者聖人之所樂也而可以善民心其感人深其移風易俗

故先王導之以禮樂而民和睦夫民有好惡之情而無喜怒之應則亂先王惡其亂也故脩其行正其樂而天下順焉故齊衰之服哭泣之聲使人之心悲帶甲嬰軸歌於行伍使人之心傷姚冶之容鄭衞之音使人之心淫紳端章甫舞韶歌武使人之心莊故君子耳不聽淫聲目不視女色口不出惡言此三者君子愼之凡姦聲感人

而逆氣應之逆氣成象而亂生焉正聲感人而順氣應之順氣成象而治生焉唱和有應善惡相象故君子愼其所去就也君子以鐘鼓導志以琴瑟樂心動以干戚飾以羽毛從以磬管故其清明象天其廣大象地其俯仰周旋有似於四時故樂行而志清禮脩而行成耳目聰明血氣和平移風易俗天下皆寧美善相樂故曰樂者樂

也君子樂得其道小人樂得其欲以道制
欲則樂而不亂以欲忘道則惑而不樂故
樂者所以道樂也金石絲竹所以道德也
樂行而民鄉方矣故樂者治人之盛者也
而墨子非之且樂也者和之不可變者也
禮也者理之不可易者也樂合同禮別異
禮樂之統管乎人心矣窮本極變樂之情
也著誠去僞禮之經也墨子非之幾遇刑

也明王以沒莫之正也愚者學之危其身
也君子明樂乃其德也亂世惡善不此聽
也於乎哀哉不得成也弟子勉學無所營
也聲樂之象鼓天麗鐘統實磬廉制竽笙
簫和筦籥發猛塤篪翁博瑟易良琴婦
好歌清盡舞意天道兼鼓其樂之君邪故
鼓似天鐘似地磬似水竽笙簫和籥似星
辰日月鞉柷拊鞷椌楬似萬物曷以知舞

之意曰目不自見耳不自聞也然而治俯仰詘信進退遲速莫不廉制盡筋骨之力以要鍾鼓俯會之節而靡有悖逆者衆積意謘謘乎

吾觀於鄉而知王道之易易也主人親速賓及介而衆賓皆從之至于門外主人拜賓及介而衆賓皆入貴賤之義別矣三揖至于階三讓以賓升拜至獻酬辭讓之節繁及其介省矣至于衆賓升受坐祭立飲不酢而降隆殺之義辨矣工入升歌三終主人獻之笙入三終主人獻之間歌三終合樂三終工告樂備遂出二人揚觶乃立司正焉知其能和樂而不流也賓酬主人主人酬介介酬衆賓少長以齒終於沃者焉知其能弟長而無遺也降脫屨升坐脩爵無數飲酒之節朝不廢朝暮不廢夕賓出

主人拜送節文終遂焉知其能安燕而不亂也貴賤明隆殺辨和樂而不流弟長而無遺安燕而不亂此五行者是足以正身安國矣彼國安而天下安故曰吾觀於鄉而知王道之易易也亂世之徵其服組其容婦其俗淫其志利其行雜其聲樂險其文章匿而采其養生無度其送死瘠墨賤禮義而貴勇力貧則爲盜富則爲賊治世反是也

荀子卷第十四